アラ20歳《ハタ》の私が想うこと

高多 芙稀
Fuki Takata

文芸社

もくじ

お母さんに伝えたい五つのありがとう　5
私の花　9
この道　10
言葉　12
未来　14
書く　15
言葉のスパイス　16
心　17
ハンデ　20
日常　22
向日葵　28
冬の日　30
当たり前のこと　31
いちごぷりん　32
朝　34
春夏秋冬　36
歌姫の気持ち　38
希望　39
母　42
あとがき　46

お母さんに伝えたい五つのありがとう

お母さんへ。

私は、お母さんに「ありがとう」と伝えたいことが特に五つあります。

まず一つ目。

「私を産んでくれて」ありがとう。

私は、幼い頃から不安になりがちで、よく泣いていましたね。

そんな私を、お母さんは、笑顔にさせようといろんな所に連れていってくれたり、いろんな体験をさせたりしてくれました。

そのおかげで、私はいつも笑顔でした。そして、この世に生まれてこなければ、こんな思いができないのだろうと思いました。だからまず最初に、「産んでくれてありがとう」このことを伝えたくて書きました。

二つ目。

「写真をたくさん撮ってくれて」ありがとう。

特に、私がまだ小学校に入学する前によく写真を撮ってくれましたね。

私は表情がコロコロと変わる子供で、ニッコリと笑ったと思ったら、急に泣き出したり、かと思ったら、今度はどこか一点を見つめる表情になったり……。

さすがに、あの頃、自分がどんな表情をしていたかはわかりません。

けれどお母さんが、そういった私のコロコロと変化する顔を「シャッターチャンス！」と思ってたくさん撮ってくれたおかげで、私は、「こんなに表情が変わるものかねぇ」とつくづく思いながら、面白がって、今、アルバムを時々見ています。

どんな時の表情も見逃さず、たくさん写真を撮ってくれたお母さん。ありがとう。

三つ目。

「よく絵本の読み聞かせをしてくれて」ありがとう。

「本をたくさん読む子は賢く育つ」と言いますよね。

私は、お母さんがしょっちゅう新しい絵本を買って、読み聞かせてくれたことに感謝しています。

そのおかげで、私はとても想像力の豊かな子供に育ちました。

そして、培われた想像力により、様々な思いをめぐらせながら、色々な人と面白い話ができるようになりました。

本をたくさん読み聞かせてくれて、ありがとう。

四つ目。

「誕生日を祝ってくれて」ありがとう。

ほとんどの人が、誕生日を迎えると祝ってもらうのではないかと思いますが、私の場合、誕生日が来るたび、いつもお母さんが「嬉しそうに」祝ってくれたのを覚えています。

その嬉しそうなお母さんの顔は、私にとって、何よりのプレゼントでした。

だからお母さん、これからも私に、そのプレゼントを見せて下さい。

五つ目。

「美味しい料理をつくってくれて」ありがとう。

お母さんは、いつもいつも美味しい料理をつくってくれますね。

家族がおなかを空かせているのであまり待たせないように、手早く、それでいて手が込んでいて美味しい料理が毎日出てくるので、私は、お母さんのつくる料理が大好きです。

そして、それらの数々は、野菜はもちろん、肉や魚のバランスがとてもいいので、私は、食生活の面ではとても健康的だなぁと思っています。私の健康を気づかって、美味しくて、バランスの良い料理をふるまってくれるお母さん。ありがとう。

ほかにもありがとうと言いたいことはまだまだあります。私の話をいつもちゃんと聞いてくれること。お金がかかるのに、小学生から塾に通わせてくれたこと……。挙げればキリがないので、これくらいにしておきます。

お母さん、本当にありがとう。
私は心の中で、毎日、「ありがとう」と感謝しています。
どうか、これからもずっと、元気で、私のお母さんでいて下さい。

料金受取人払郵便

新宿局承認

4301

差出有効期間
平成31年 4月
30日まで
(切手不要)

郵便はがき

1608791

843

東京都新宿区新宿1－10－1

(株)文芸社

愛読者カード係 行

ふりがな お名前		明治 大正 昭和 平成 年生 歳
ふりがな ご住所	□□□-□□□□	性別 男・女
お電話 番 号	(書籍ご注文の際に必要です)	ご職業
E-mail		

ご購読雑誌(複数可)	ご購読新聞 新聞

最近読んでおもしろかった本や今後、とりあげてほしいテーマをお教えください。

ご自分の研究成果や経験、お考え等を出版してみたいというお気持ちはありますか。

ある　ない　内容・テーマ(　　　　)

現在完成した作品をお持ちですか。

ある　ない　ジャンル・原稿量(　　　　)

書　名			
お買上 書　店	都道 府県　　　　市区 郡	書店名	書店
		ご購入日	年　　月　　日

本書をどこでお知りになりましたか?

1.書店店頭　2.知人にすすめられて　3.インターネット(サイト名　　　　　　)

4.DMハガキ　5.広告、記事を見て(新聞、雑誌名　　　　　　)

上の質問に関連して、ご購入の決め手となったのは?

1.タイトル　2.著者　3.内容　4.カバーデザイン　5.帯

その他ご自由にお書きください。

(　　　　　　　　　　　　　　　　　　　　)

本書についてのご意見、ご感想をお聞かせください。

①内容について

②カバー、タイトル、帯について

弊社Webサイトからもご意見、ご感想をお寄せいただけます。

ご協力ありがとうございました。

※お寄せいただいたご意見、ご感想は新聞広告等で匿名にて使わせていただくことがあります。

※お客様の個人情報は、小社からの連絡のみに使用します。社外に提供することは一切ありません。

■書籍のご注文は、お近くの書店または、ブックサービス(0120-29-9625)、セブンネットショッピング(http://7net.omni7.jp/)にお申し込み下さい。

私の花

種とは、その人の性格だと思う。

どんな種をまき、そして、どんな環境で育てるかで性格が決まってくる。

蕾とは、その人の未来だと思う。

どんな姿で成長するか、どんな大人になるか、未知の所をたどっていくものだ。

芽とは、その人の努力だと思う。

より優れた、より素敵な人間になるための、一つ一つの道を歩んでいくものだ。

そして花とは、その人の人生そのものだと思う。

その人の性格が、その人の未来へとつながり、努力して思い描いた未来へと近づき、苦しい試練を乗り越え、やがて花となるのだ。

この道

ときどき振り返る、
いままでの道。

なかなか結果がでないけど、
本当にこのやり方で大丈夫なんだろうか。
この道を信じて大丈夫なんだろうか。

そう思ってしまい、わからなくなって、
嫌気がさして、

投げ出したくなって、
どうしようもなくなってしまう。

でも、そこから振り出しに戻るということは、
全てをゼロに戻してしまうということだ。

だから、信じよう。
応援してくれる家族や仲間のことを。

この道を勇気をもって歩んでいく
自分のことを。

言葉

言葉には魔法がある。

言葉ひとつで、人は喜び、悲しみ、苦しめられ、怒りさえ感じる。

自分ではあまり美人だと思っていなくても、色んな人から「美人だね」と言われると自信がつく。

人が悲しんでいるとき、そばに寄り添い、心やすらぐ言葉をかけることで、相手の心を軽くさせる。

ときには、頑張っているのに「なんでこんなこともできないの」と言われ、気持ちが落ち込んだりもする。

それだけではない。
ほめたつもりが、かえって相手を怒らせたりすることもある。
だから、言葉というものは慎重に選ぶべきだ。

だが、私たちは言葉なくして生きてはいけない。

つらいときには正直に、思いきって「つらい！」と、叫ぶことで、
相手は「あぁ、この人は今つらいんだな」と、理解できるし、
「うれしい！　しあわせ！」そう叫ぶことで、その人の幸せを願っている人は、
うれしくなる。

言葉とはとても不思議なものだ。

そして私たちは、今日も明日も、これからもずっと、言葉と一緒に生きていく。

未来

今日の自分と明日の自分は違うはず。
それなら、
10年後、20年後の私はどうなっているんだろうか。
わからない。
でも、これだけは言える。
10年後、20年後の自分に恥じない生き方をするために、
「今」という時間を大切にしていくことだ。
そう、未来に向けて。
たとえ10年、20年先でも夢が叶うのは遅くない。
だって、叶うんだから。

書く

「書く」で伝わる、新しい世界。

学校であれば、将来の夢、好きな食べもの、嫌いなこと。
本であれば、絵本、フィクション、ノンフィクション、ｈｏｗ-ｔｏ本。
それを、
「読む」ことで、「見る」ことで、「聞く」ことで、
その人の「思い」「性格」「個性」
そんなものが伝わってくる。

その出会いはまるで、一匹のヒナが誕生することくらい
大切で温かいものだ。
だから大事にしたい。
「書く」ということを。

言葉のスパイス

言葉のスパイスは私達を変えていく。
辛めのスパイスは、人を律することができる。
甘めのスパイスは、人の心に余裕を持たせる。
マイルドなスパイスは、人の気持ちを穏やかにする。
いろんなスパイスのおかげで、
私達の心は今日も平和なのだ。

心

世の中には、心が冷たい人もいれば、温かい人もいる。
だけど、心が冷たい人の中にも温かい心はある。
逆に、心が温かい人の中にも冷たい心はある。

人の心の中には、
心の中の感情には、
温かみとか、冷たさとか
それ以外にも、
恨みだったり、憎しみだったり
優しさだったり、嬉しさだったり
喜んだり、悲しんだりするものがある。

そしてこれらの感情は、どんな人にも備わっている。
だけど、人を恨んじゃいけない。憎んじゃいけない。
なぜなら、それは必ず自分に返ってくるから。

反対に、
人を思いやったり、
相手の喜びを自分の喜びのように感じられると、
その間あなたは幸せでいられる。
なぜなら、幸せのキューピットが舞い降りてくるから。

だから、自分の心は上手にコントロールしなくちゃいけない。
怒りとかの感情に支配されて、
自分を見失ってはいけない。

一人一人が、
「幸」で、
「喜」で、
「優」な心でいれば、
誰もが温かくなれる。

温かい「心」が自分をつくれるようになりたい。
自分が温かい「心」をつくれるようになりたい。

ハンデ

人には誰しもハンデがある。
どんなに素晴らしい人にだって。

例えば、
勉強は得意なのに、喋るのは苦手な人。
手先が器用なのに、字だけは下手な人。
友達は多いけれど、親がいない人。

でも、
「ハンデがあっても、これだけは得意だ！」

そう思える人は、強い。

だから、逆の発想をすればいい。
例えば、
喋るのは苦手だけど、勉強は得意だ！
字は下手だけど、それ以外なら手先は器用だ！
親はいないけれど、一緒に夢を語れる友人はたくさんいる！

人には誰しもハンデがある。

でも、
「これだけは負けない！」
というものを、その分、伸ばしていけばいい。

日常

アラームで目が覚める。
2階から1階へ降り、キッチンへ向かうと

いつものように母が
「おはよう」と笑顔で呼びかける。
洗濯物はすでに干してあって、食卓には、
ご飯　みそ汁　納豆と卵焼き。

当たり前のように感じていたけれど、
今ならわかる。
母は朝ご飯を作るために、
どれだけ私より早く起きていたかということが。

歯ブラシ片手に身支度をしていると、
あっという間に時計の針は進んでいく。
「急がなきゃ！」そう思うほどに心は焦る。

結局、いつものように予定より5分遅れてしまい、
急いで父の車に乗る。
それでも父は怒らない。
黙って私を学校へ送ってくれた。

そんな事がしょっちゅうだったけど、今更ながら
申し訳ないと思う。
お父さん、そのせいで、職場にも遅れてしまったんだよね。

学校に着いて、
クラスメイトに「おはよう」と言われ、

「おはよう」と返す。
それだけで、なんだかホッとする。
重かった階段の足どりも次第に軽くなってくる。

教室を見渡し、
自分の「いつものメンバー」を探す。
そのメンバーの中の誰かが私のことに気付いて
「おーい！　こっちだよぉ！」
そう呼びかけてくれると凄く嬉しくなる。
私をみつけてくれた、そう思える。
「自分」っていう存在が
「ここ」にあるって実感できる。

ホームルームが始まるまでの友達との会話。
昨日観たテレビで何が面白かったとか、
今日の授業で何が楽しみだとか、

そんなたわいもない会話が、
私を「今日の始まり」というベクトルへ
向かわせてくれる。
卒業した今では、そんなことが懐かしい。

授業中、先生に何度も注意される奴。
当然、授業に集中してない奴もいるわけだけど、
私は知っていたんだ。
そんな理由じゃない奴もいるってことが。
夜遅くまで勉強していて、つい寝ちゃったって人もいれば、
「かまってもらいたい」そんな理由で
「ふざけた奴」を演じてただけの人もいるってことが。
でも、そのことに気付いていたのは、私も含めて
何人くらいだったんだろう。

勉強は楽しい。

でも苦手な分野もある。

そして宿題は嫌い。

そんな矛盾の中でずっと勉強してきた。

友達ともよく話した。

「私は社会の地理が駄目」「私は英単語が駄目」

「宿題って大変！」

だけど、宿題も本当は凄くお金がかかっていて、
テスト範囲にもなっていたりして
「なんでちゃんと取り組まなかったんだろう」

そう思ったことが、そう言えばあったっけ。

放課後のあの娘とのおしゃべりは、私にとっての情報収集。
気になる相手は誰だとか、実はあいつのお父さんは大会社の社長だとか。
そんな話で盛り上がる。
あの時はそんなことよく言ってたけど、
今じゃ、なかなかあの娘と会えない。

家に帰ると
やっぱり母が「おかえり」と笑顔で迎えてくれて、
私は「おなか空いたぁ」と言って、
おばあちゃんがついでくれたお茶を飲みながら、
豆大福なんかをほおばってみる。
そんな私をほほえましく眺めているおばあちゃん。
今も元気でいてくれる。

あの時の日常はそんな感じだった。
時は経ち、暮らしは変わった。
私の今の日常はどんなものだろう。
私の性格は変わっただろうか。
私の見た目は変わっただろうか。

あの娘は今どうしているだろうか。

向日葵

この世に生命が誕生しない限り、
人は、悲しみ、喜び、苦しみ、何一つ感じることができない。
生きている限り、人は、常に自分の中の「何か」と戦っている。
そうすることで常に成長できる。
だけど、その成長する楽しさ、喜びさえも
人は、生まれてこないと味わえない。

環境は人から与えられるものではなくて
自分でつくるもの。
友達は人から与えられるものではなくて
自分でつくるもの。
幸せは人から与えられるものではなくて
自分でつかむもの。

ひとのせいにしているうちは、何もつかめない。

人は一人では生きていけない。
自分を受け止めてくれる誰か、自分を信じてくれる誰かがいれば、
自分の道を明るく照らして生きていける。
それは、親でもいいし、友人や知人でもいい。
とにかく誰かがその人のことを受け止めて、信じてあげればいい。

親は我が子を幸せにする責任がある。
子供は親を大切にできる権利がある。
それにはどうすればいいか。
親は我が子に、愛情をたっぷりとそそげばいい。
子供は親に、とびっきりの笑顔を向ければいい。

どんな時も向日葵のような笑顔で、毎日を
明るくひたむきに生きていきたい。

冬の日

寒いと手も足も凍《こご》えていて
ストーブにあたったり、あったかい飲み物を飲んだりして
体をあっためるけど、
同じように、あったかい言葉をかけることで、
心もあったまる。
「今日も寒いね」
「体に気をつけてね」
そんな言葉の掛け合いが、心をほっこりさせる。
そんな冬の日。
それが冬のいいところ。

当たり前のこと

ちょっと勉強したくらいで急に頭が良くなるわけじゃない。
ちょっと運動したくらいで急に体力がつくわけじゃない。
でも、少しずつ続けていけば、ずっと続けていけば、必ず道は開けてくる。
そんなの当たり前のこと。
だけど、そんな当たり前のことを見失って、
あせって、イライラして、挫折してしまう。
でも、大丈夫だから！　あなたは頑張ればできる人。いや、皆そう。
だけど、当たり前のことができない人が多いから、
当たり前にできる人のことを、皆は「すごい」と思うのかも知れない。
才能があるかどうかはしょうがない。
でも、当たり前に続けていけば、きっと、想像もしなかった「何か」に近づける。
私はそう信じてる。

いちごぷりん

スーパーで見かけた、
甘い甘い色をした、いちご色のパッケージ。
「冬季限定」そんな言葉に惑わされる。
通常のぷりんの2倍くらいの大きさで、
きっと、砂糖もたくさん入ってる。
だから、栄養表示には目をそむけたくなる。
カロリーは気にしたくない、いや、気になる。
結局、買わずに家路に着いたが、冷蔵庫を開けるとあった。

あのいちごぷりんが…。

母が私のために買って来てくれた。だからやっぱり食べてしまった。
口当たりはすごくなめらかで、
てっぺんの茶色とピンクのコントラストがキュートで、
「食べちゃった」という罪悪感と
「甘くておいしい」という幸せが同時にきた。
見た目がかわいいくせして惑わせるヤツ。
まるで悪女みたいなスイーツ、
それが、いちごぷりんなんだろうな。

朝

朝って憂うつだ。
朝ってまだ眠い。
ときには、二度寝、三度寝しちゃうときだってある。
そうすると、何だかだるくなる。
でも早起きするとちょっと違う。
「よし！　今日もがんばるぞ」って気分になる。

朝の空気が好き。

朝の空気は、
かつて行った、アメリカ、イギリスの朝と
同じにおいがする。
「世界はつながっている」
そう思える。

どんなときも、今日一日をがんばらなくちゃいけない。
そのために朝があるんだから。

だからやっぱり私は朝が好き。

春夏秋冬

春。
夏。
秋。
冬。
それぞれの季節に、それぞれの特徴があって、
それぞれのストーリーがある。

人はそれぞれの季節に好き嫌いや思い入れがある。

冬は寒くて嫌だとか、
秋は焼き芋がおいしい季節だとか。

だけど、一番の思い入れは「空気」なんじゃないかと思う。
生まれた季節に触れた空気の感覚は、今もずっと残っている。
それは、母親が子供を、子供が母親を絶対に忘れないのと同じように。

確かに、暑さや寒さなどの理由で好き嫌いはある。
だけど、生まれた季節がやってきた時、ふとした瞬間、
それが懐かしく思えてくるのだ。

歌姫の気持ち

私は、自分が思ったことを全て歌にするわ。
そして、CDを出し、ライブでうたうの。
ライブの直前はちょっと緊張するわ。
それに少し心配になるの。
「私の曲に皆が共感してくれるのかしら?」って。
でも、実際ライブで歌をうたうと客席が「ワー!」って沸くの。
それにね、皆、私の曲を暗記してくれて、一緒にうたってくれるの。
まるで観客の方が歌手なんじゃないかって思うくらいにね。
それで私は安心するの。
「あぁ、こんな考えは私だけじゃないのね」って。
何万人もの前で歌をうたう。そして誰もが私の歌に共感する。
こんな幸せ、他にないわ。

希望

空は青い。
太陽はまぶしい。
だけど、
私の心の中はいつもどこか濁っていて、
何か不安でいっぱいだ。
それなのに、今、目の前にいる
二十歳そこそこの若い女性に、
「大丈夫ですよ」そう言われただけで、
五十二歳の私の心は安堵している。

大学まで行ったが、頼れる友人はいない。
唯一、頼みの綱は母だが、

そんな母とも今は不仲だ。
だが、目の前の女性は、
そんなことさえ忘れさせてくれるような明るさで、
ケタケタと笑い、話しかけてくれる。

私にもそんな頃があった。
あれはいつだったろうか。
そうだ。確か、私が高校二年生の時で、父がまだ生きていたときだ。
あの時、私は吹奏楽部のメンバーで、毎日部活に励んでいた。
父はそんな私を慈しみ、陰ながら応援してくれていた。
私はその時、考えもしなかった。
父が他界するということを。
それから私は、少し自暴自棄になっていた。
そして、母ともすっかり仲が悪くなってしまった。
私は長い間心にふたをして、だけど、ぽっかり穴が空いて、
その穴を埋めてくれる「何か」を探し続けていた。

そうしているうちに、この歳に至ってしまった。

もう、「希望」なんて言葉は忘れていた。
だけど、目の前の女性の瞳は、
いつもキラキラと輝いて、
どんな時も夢をあきらめない。
彼女は私に「希望」という言葉を思い出させてくれた。
父が亡くなったら前に進めない。
もう歳だからあきらめよう。
そんなバカな話があるか。
どんな時も前を向いて生きていけば、きっといいことがある。
そのことを教えてくれたのは、私よりずっと若い人間ではないか。
この子になら教えてもいいと思った。
私の今までの経験を。
そして、この子に教えてもらいたいと思った。
「希望」のあり方を。

母

母と私はよく似ている。

例えば、
好きな男性のタイプとか。
母は、私が好きになった人は、
言わなくてもすぐわかる。

「おいしそう」と思う食べものも。
抹茶チョコレートのブラウニーも、
カシスのジェラートも、
お互いの顔には「食べてみたい」
と書いてある。

「世の中」について考えたとき、
つい熱く語ってしまう。

そんな所もよく似ている。

母は〝甘食〟が好きだ。
なぜなら、それが母にとっての
「なつかしの味」だから。

だけど私にとってそれは
「なつかしの味」ではなくて、
これのどこがいいんだろう、
そう思っていた。

母は料理、裁縫

なんでも上手だ。
だけど私にとってそれは
〝億劫な事〟でしかなかった。

でも20歳を過ぎた今、
私にも甘食の良さが少しずつわかってきたし、
だんだんと料理も裁縫も
楽しいと感じるようになった。

もちろん、母と私はそれぞれ個々の人間だから、
意見の食い違いはある。
でも母は凄く正しくて、
いつも私はそうなりたいと思ってしまう。
母のそんなところも次第に似てくるだろうか。

母は強い。

何があっても、どんなときも、
私を支えてくれる。
守ってくれる。

母は優しい。
私が困っているとき、
いつでも手を差し伸べてくれる。

そして、母は賢い。
私がどうしたら立派な人間になれるか、
自分が良い親になるにはどうあるべきか、
真剣に考えてくれている。

いつか私も、母のようになりたい。

あとがき

「言葉を発する」「気持ちを書き残す」

このことは私がとても大切にしていることです。

〝三重苦〟を背負って生まれてきたヘレン・ケラーは、自身の状況を前向きに考え、講演などを行い、人々に強く訴えかけました。

また、「アンネの日記」で有名なアンネ・フランクは、ユダヤ人であるというだけで殺害されてしまいましたが、彼女は、それに至るまでの身を隠した時間を、強くひたむきに生き、日記に残し、人々に広く知られることになりました。

この二人の偉人に私は何を感じたのか。それは「伝える」という姿勢です。

私は幼い頃、自分の意見を言うことが苦手で、人に何か勘違いされても、それを訂正することすらできませんでした。そんな私をどうにかしようと、母は私に、思っていることを言葉にする訓練を、精一杯させてくれました。

そのおかげで今は〝伝える〟ことに喜びを感じています。そのため「心」や考えを知るために、〝言葉〟というものは非常に重要な〝心のパーツ〟であると私は思っています。

嫌な言葉をかけられることは、嫌な態度をされた時と同様、不快だったり悲しい気持ちにさせられます。逆に、心から滲み出る優しい言葉や励ますような言葉は、それだけでその人の心を温かくしてくれます。

自分の〝心〟が〝言葉〟というカタチになって誰かを勇気づける。そんな人間になっていきたい。そして世の中がそうであってほしいと思います。

自分の考えを「言葉」として表現するために、〝書く〟という方法によって「誰か」に知ってもらえる。それは私にとって、幸せなことです。

この詩集を読んでくださったあなたが、私の心の何かを感じていただけたら、と願っています。

背伸びをしてもいいけれど、あえて背伸びしないありのままの自分を受け入れてあげる。そして、今、できることを着実にやりきる。そうやって、これから、自分自身が成長していければと思います。

著者プロフィール
高多 芙稀（たかた ふき）
1995年生まれ
茨城県在住

アラ20歳《ハタ》の私が想うこと

2017年10月15日　初版第１刷発行

著　者　高多 芙稀
発行者　瓜谷 綱延
発行所　株式会社文芸社
〒160-0022　東京都新宿区新宿１－10－１
電話　03-5369-3060（代表）
03-5369-2299（販売）

印刷所　株式会社フクイン

ISBN978-4-286-18719-8